El conejito que quiere dormirse

– Una nueva forma de hacer que los niños se duerman

Carl-Johan Forssén Ehrlin

ISBN: 978-14-97579-09-5
Publicado por: Ehrlin Förlag Suecia
Library of Congress Control Number: 2014906864
Pie de imprenta: CreateSpace Independent Publishing Platform, North Charleston, SC
Autor: Carl-Johan Forssén Ehrlin
Ilustraciones: Irina Maununen
Diseño: Linda Ehrlin
Traducción: Pedro Santana, Katherine Irribarra, Jessica Starck

Instrucciones para el lector

¡Advertencia! Nunca leer este libro en voz alta a alguien cuando esté manejando cualquier tipo de vehículo.

El conejito que quiere dormirse es un libro para ayudar a los niños a quedarse dormidos más fácilmente en casa, en la escuela o en la guardería. Para obtener mejores resultados, el niño debe consumir energía en exceso antes de escuchar la historia. Algunas veces el niño tiene que escuchar la historia un par de veces antes de que él o ella pueda relajarse completamente y sentirse cómodo. Tómese el tiempo necesario para leer este libro y utilice su mejor voz para contar cuentos, también asegúrese de que no se le moleste durante la lectura. Al seguir estas sencillas instrucciones, usted creará el mejor entorno para que el niño se relaje, se sienta tranquilo y concilie el sueño. El contenido de este libro se basa en potentes técnicas psicológicas de relajación y se recomienda leer la historia desde el principio hasta el final, incluso si el niño se queda dormido antes de que haya terminado con la lectura. Lo mejor es que el niño esté acostado mientras la escucha, en lugar de mirar las fotos para que él o ella puedan relajarse aún más.

Siéntase libre de leer la historia de una manera normal para acostumbrarse al texto, antes de utilizar las instrucciones de lectura recomendadas abajo, a continuación, utilice las siguientes técnicas para ver cómo responde el niño.

- El texto en **negrita** significa que se debe enfatizar esa palabra o frase.
- El texto en *cursiva* significa que usted debe leer la palabra o frase con una voz lenta y en calma.
- En algunas partes del libro se le pide que bostece o que haga una acción física. Éstas están marcadas como *[acción]* o *[nombre]*, donde se lee el nombre del niño.
- El nombre del Conejito Carlitos se puede leer como "Caar litoos…" con dos bostezos.

Este libro está especialmente construido con frases y elecciones de palabras específicas. Algunas pueden parecer un poco inusuales en el texto, ya que están destinadas a ser de esa manera y tienen un efecto psicológico. Si le resulta difícil leer la historia tal como se recomienda, *El conejito que quiere dormirse* también está disponible como un libro de audio. Esto puede ser más beneficioso para el niño y también se puede disfrutar escuchando este libro juntos, mientras el niño se queda dormido y tal vez incluso usted, si desea hacerlo.

¡Disfrute del cuento y duerma bien!

Carl-Johan Forssén Ehrlin

Límites de responsabilidad: Aunque este libro no sea peligroso de usar, el autor y publicador no se hacen responsables de sus efectos.

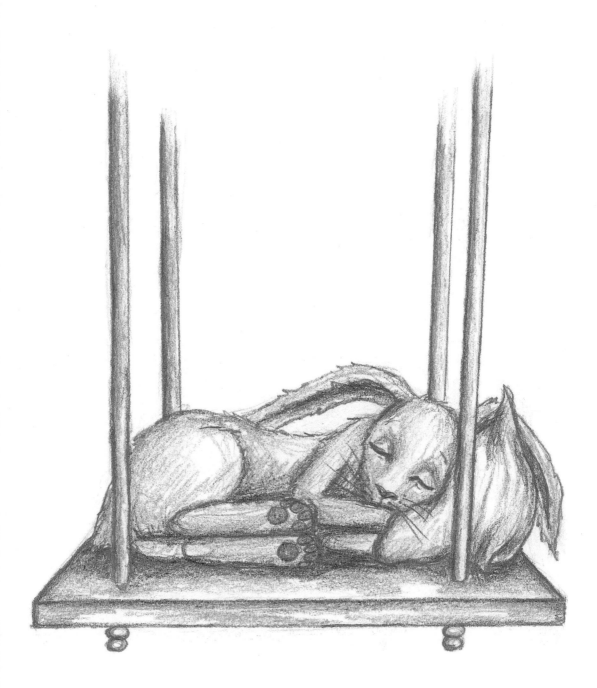

Yo te voy a contar una historia que te pueda provocar mucho sueño, ahora algunas personas pueden quedarse dormidas de inmediato mientras que otras tardarían un poco más hasta que se relajen en el país de los sueños *[bostezo]* *[nombre]*, me pregunto cuándo será el mejor momento para que te vayas a dormir ahora, o antes de que termine la historia ...

Érase una vez un conejito que se llama Carlitos que tenía unas ganas inmensas de quedarse dormido, y no **podía, ahora mismo.**

El Conejito Carlitos era de tu misma edad. Ni más mayor ni más joven, exactamente de tu misma edad *[nombre]*. Le gustaba hacer todas las cosas que te gusta hacer a tí, jugar y divertirse. Prefería quedarse y jugar toda la noche en vez de **dormir, ahora.**

Todos sus hermanos **fácilmente se quedaban dormidos todas las noches** cuando Mamá Conejo los ponía en la cama, pero no el Conejito Carlitos. *Estaba acostado* pensando en todas las cosas que quería hacer en lugar de ir a dormir, ahora. Que podría estar jugando en la hierba corriendo, hasta estar tan cansado, *tan cansado que no podría seguir corriendo.*

Carlitos podría jugar en el parque durante todo el día y se quedaba dormido en los columpios. *Ahora. Esto le permite balancearse hacia atrás y hacia adelante, hacia atrás y hacia adelante, lentamente y relajante.*

El conejito empezó a **sentirse aún más cansado** cuando pensaba en todos los juegos que él podría jugar y **lo cansado que eso le haría ahora,** antes de que su Mamá le dijera, "Silencio" Carlitos y **duermete, ahora.**

Todos los sonidos que él podía escuchar le hacían sentir a él y a ti *[nombre]* aún más y más cansados. Estaba a punto de **quedarse dormido**, no sabía cuando. **Ahora.** Lo poco que está de quedarse dormido. Cómo la imagen de ti y él dormidos, se vuelve más y más clara con cada respiro, **ahora.**

Esta misma noche los hermanos de Carlitos **se quedaron dormidos más rápido de lo normal**, mientras que él estaba ahí **pensando en quedarse dormido**, ahora. Estaba acostado allí pensando en todas las cosas que podrían hacerle **sentir cansado**, todas esas cosas que normalmente le hacían sentir cansado y con sueño, tan *cansado y con tanto sueño. Todos los juegos, el dormir y todas las otras cosas que harían que él y que tú os sintáis cansados, ahora.*

Todas esas cosas no ayudan al Conejito Carlitos, así que decidió hacer algo al respecto. Papá Conejo estaba durmiendo, pero Mamá Conejo todavía estaba despierta, así que Carlitos fue a hablar con ella. Ella os propuso que él y tú deberíais tomar todos los pensamientos que giran en la cabeza y los pongáis en una caja junto a la cama.

— Mañana, cuando despiertes tendrás las respuestas a todos tus pensamientos, y te llenarás de energía, pero, **ahora vas a dormir**, dijo Mamá Conejo con certeza.

— A veces se tarda un poco más, pero siempre recibirás una respuesta a los pensamientos que pusiste en tu caja, dijo Mamá Conejo. Carlitos y tú lo estáis haciendo ahora. Es una sensación muy relajante y tranquila para liberarte la mente y estar preparados para conciliar el sueño.

Luego ella propuso que irían juntos contigo a ver al Tío Bostezo, el cual era el mago más amable del mundo y que vivía al otro lado del prado.

— Esto, con toda seguridad, os **ayudará a los dos a conciliar el sueño**, dijo Mamá Conejo.

Dicho y hecho, os fuisteis a ver al Tío Bostezo, quien os ayudaría a quedaros dormidos, ahora. En su camino hacia la puerta, el Conejito Carlitos pensó en todas las veces que el Tío Bostezo le había ayudado antes. Él había hecho que Carlitos y **tú os durmierais** usando sus hechizos mágicos y el polvo mágico para dormir, tantas veces antes, y esto iba a pasar, incluso ahora.

Como Carlitos estaba seguro de que iba a quedarse dormido, él te dijo [nombre] que no estaría mal conciliar el sueño ahora, antes de que la historia termine. Porque él sabe que tiene un final feliz y que os va a hacer conciliar el sueño a los dos.

Ya por el camino, Carlitos y tú estabais *cada vez más cerca de quedaros dormidos.* Seguistéis el sendero hacia abajo, *abajo* hacia el Tío Bostezo. Ese era el camino hacia abajo que él conocía tan bien. Había andado por ese camino muchas veces antes. *Solo anduvo hacia abajo ... abajo y abajo ... Así es ... ¡Bien!*

Cuando el Conejito Carlitos y Mamá Conejo ya habían caminado un rato, se encontraron con el Caracol Durmiente, con su casa a cuestas.

– ¿A dónde vas ahora? preguntó el Caracol Durmiente con curiosidad.

– *Voy a visitar a mi Tío Bostezo*, dijo el Conejito Carlitos, porque me ayudará a **conciliar el sueño**, ahora. ¿Cómo haces tú para **quedarte dormido tú solito**? preguntó Carlitos.

Después de hacer una pausa para relajarse, el amable Caracol Durmiente le dijo que el secreto está en calmarse y en hacer todo de una manera más lenta. Camina despacio, muy despacio. *Muévete lentamente, muy lentamente. Piensa despacio, respira despacio y con calma, despacio y con calma, solamente relájate ahora.*

– **Siempre me funciona a mí**, dijo el Caracol Durmiente.

– Gracias, voy a intentarlo, dijovel Conejito Carlitos.

El Caracol Durmiente te dijo *[nombre]*, **te vas a quedar dormido con esta historia, lo podrás hacer muy fácilmente. Ahora déjate quedarte dormido.**

Carlitos dejó al Caracol Durmiente y siguió caminando hacia el sueño.

El reducir tu velocidad, como nos dijo el Caracol Durmiente que hiciéramos, parece una buena idea, dijo Carlitos.

Empezó a caminar *más y más lento y tomó pasos más pequeños. Al mismo tiempo, comenzó a respirar más profundo y más lento, se sintió aún más cansado y sintió lo relajante que es cuando las cosas van más lentas. Carlitos se sintió más cansado y cuanto más se relajó y se calmó, más cansado os sintisteis vosotros ahora, y mientras más cansado y relajado se quedo él, mientras más cansados tú y él os quedasteis ahora, [bostezo]. ¡Así es!*

Carlitos y Mamá Conejo *siguieron lentamente* por el camino hacia el Tío Bostezo al otro lado del prado. Después de un tiempo, se encontraron con la hermosa y sabia Búho de Ojos Pesados. Ella estaba sentada en una rama pequeña al lado del camino que conducía al Tío Bostezo.

— Hola Búho de Ojos Pesados. Ya que usted es un sabio búho me gustaría recibir ayuda para llegar **a dormir ahora**, ¿me puede ayudar? dijo Carlitos.

— Por supuesto que puedo ayudarte a **conciliar el sueño ahora**, respondió el sabio Búho de Ojos Pesados. Tú no necesitas escucharme terminar de hablar, **ya puedes verte a ti mismo quedarte dormido.** *Te sientes tranquilo y relajado y haz simplemente lo que te digo. Ahora. Quédate dormido.* Se trata de ser capaz de **relajarse. Ahora, acuéstate.** Dentro de un rato, yo quiero que relajes las diferentes partes de tu cuerpo. **Es importante que hagas lo que te digo y te relajes**, dijo el Búho.

Ya que el Búho de Ojos Pesados es muy sabio, y yo voy a hacer lo que ella me dice, pensó Carlitos.

— **Relaja** los pies *[nombre]*. Carlitos y tú hacéis lo que el Búho de Ojos Pesados os diga y **ahora** relajáis los pies.

— **Relaja** tus piernas *[nombre]*. Carlitos y tu lo hacéis, **ahora**.

— **Relaja** la parte superior de tu cuerpo *[nombre]*. Carlitos y tú lo hacéis, **ahora**.

— **Relaja** los brazos *[nombre]*. Deja que sean pesados como piedras. El conejito y tú lo hacéis, **ahora**.

Estás relajando la cabeza y dejando que **tus párpados** sean más pesados *[nombre]*, simplemente deja que se relajen. Carlitos y **tú os relajáis profundamente. Ahora.** Estáis dejando que los párpados sean tan pesados tal como son *justo antes de caeros dormidos, ahora.*

Entonces el Búho de Ojos Pesados dijo:
- Deja que todo tu cuerpo sea pesado. Tan pesado que se sienta como si se cayera al suelo. *Cayendo abajo, abajo, abajo.* Como una hoja que cae, *poco a poco hacia abajo, abajo, abajo, lentamente abajo de un árbol que sigue el viento y deja que te haga caer, lentamente hasta el suelo. Poco a poco hacia abajo, abajo, abajo. Ahora. Los párpados son tan pesados.*

— Esto sí que está muy bien, dijo Carlitos *sintiendo lo cansado que se había vuelto. Muy cansado. Ahora. Tan cansado que casi te caes dormido [bostezo].* Es como la sensación de calma **justo antes de caer dormido, ahora.**

El Conejito Carlitos había decidido ir a visitar al Tío Bostezo, así que continuó hacia abajo, *a pesar de que estaba muy cansado, ahora.* Carlos estaba pensado en lo que te enseñó el Caracol Durmiente, caminar despacio y con calma para estar *aún más cansado.*

Carlitos se **daba cuenta lo cansado que estaba** y lo único que quería hacer era **conciliar el sueño.** Sin embargo, no puedo **conciliarlo aquí, ahora, y dormir,** pensó el Conejito Carlitos. Además, he prometido Mamá Conejo que vamos hacia abajo con el Tío Bostezo y a caer dormido, **ahora.**

Después de caminar un rato, llegaron al jardín del Tío Bostezo. Fuera de la casa había un gran letrero que decía: **"Yo puedo hacer que cualquiera se duerma". Sí, eso es cierto,** lo pensaste ahora. **Me siento más cansado ya. Ahora. Él me ha hecho tener más sueño,** con sus hechizos, pensaste.

Cuando llegaron a la puerta, había un pequeño letrero, que decía "Llama a la puerta cuando tú, **ahora estés a punto de caer dormido".** Carlitos se sintió cansado y decidió que **ya estás listo para conciliar el sueño, ahora.** Él llamó a la puerta.

El Tío Bostezo abrió la puerta y le hizo ilusión veros a ti a Carlitos y a Mamá Conejo.

— Bienvenido mi amigo, dijo el Tío Bostezo. Al parecer, necesitarías un poco de ayuda para **conciliar el sueño, ahora.**

— Sí, contestó Carlitos *[bostezo]*, **me gustaría dormirme, ahora.** Tanto tú como yo *[nombre]*.

El Tío Bostezo sacó su libro grande y grueso que contenía una gran cantidad de hechizos, los cuales pueden hacer que tanto conejos como seres humanos **se duerman**, ser felices, ser amables, ser amados, y tener amor propio. Así como tú sabes, lo eres, y puedes ser en este momento, dijo el Tío Bostezo. Él también sacó su **potente polvo de sueño mágico e invisible** que hace que los conejos y los niños se duerman cuando se rocía sobre ellos.

— Cuando se echa este hechizo ahora y se espolvorea el polvo invisible y somnífero sobre ti, es importante que te vayas caminando directamente a casa y a la cama inmediatamente. **Ahora. Te quedarás dormido** ya por el camino de vuelta **o en la cama.** Este hechizo y polvo somnífero es poderoso y siempre funciona y te quedarás dormido rápidamente, **ahora.**

— Finalmente, yo puedo **conciliar el sueño y dormir bien toda la noche**, dijo Carlitos con certeza.

— Está bien, te voy a leer una cosa, dijo el Tío Bostezo y empezó a leer el hechizo poderoso **que haría** que Carlitos **y tú os quedéis dormidos, ahora.**

[Cuando se cuenta, simbólicamente se espolvorea el polvo invisible para dormir sobre y alrededor del niño]

Tres ... dos ... uno ... sueña ahora, sueña ahora, estoy durmiendo ahora ...

— Ahora lo mejor es que te vayas, dijo el Tío Bostezo, ¡porque te puedes quedar dormido muy pronto! Tus párpados se vuelven más y más pesados y te sentirás más y más cansado con cada respiro que tomes en tu camino a casa y te darás cuenta de lo fácil que es dejarse llevar y caer en el sueño. También te quedarás dormido más rápido y dormirás mejor cada noche en el futuro. Dormirás mejor cada noche, te dijo el Tío Bostezo. No importa si tus ojos están abiertos o, ahora, cerrados. Simplemente te sentirás el doble de cansado.

Ambos bostezan ahora *[bostezo]*, agradeció con cortesía y se fue a casa con Mamá Conejo.

Él pensó para sí mismo, ¿cómo voy a ser capaz de caminar todo el camino a casa sin *caer dormido? Estoy muy cansado y quiero ir a dormir [bostezo], tan cansado que me gustaría estar en la cama ahora, escuchando los sonidos a mi alrededor que me susurran ir a dormir ahora. Todos los sonidos poco a poco te hacen quedarte dormido. Ahora. Cuando te quedas dormido, dijo Carlitos.*

Comenzaron a caminar, paso a paso, tus piernas se volvieron más y más pesadas. Tan cansado, tan cansado, como el Tío Bostezo te había dicho, ahora te sientes cansado, cansado te vuelves ahora.

Después de un rato, se encontraron de nuevo con la hermosa y sabia Búho de Ojos Pesados. Búho de Ojos Pesados, le dijo al Conejito Carlitos, puedo ver que **estás cansado *[nombre]*** y que los dos estáis **muy cerca de caeros dormidos, ahora.**

Carlitos **estaba muy cansado** y movió lentamente la cabeza, dijo que sí, y sintió que el Búho de Ojos Pesados tenía mucha razón. *Estoy bien encaminado para conciliar el sueño ahora,* pensaste.

— **Buenas noches**, dice el sabio Búho de Ojos Pesados, ahora, **cerrando tus ojos y bostezando para quedarte dormido *[bostezo]*.**

El Conejito Carlitos continuó el camino hacia su hogar y a su cama. Ahora. *Cada vez más cansado con cada paso.* Estaba deseando llegar a su cómoda cama caliente para *poder dormir allí tan cómodo como lo estás haciendo tú ahora mismo, cómodo, ahora.* El Conejito Carlitos piensa cada vez más en su cama, *se vuelve cada vez más cansado ahora, y cuanto más cansado está*, más añora su cama y hace que él se sienta el doble de cansado. *Ahora te puedes quedar dormido en cualquier momento.*

Después de un rato, se encontraron otra vez con el amable Caracol Durmiente, con su casa a cuestas. El Caracol Durmiente no había llegado apenas a ningún lugar desde la última vez que se encontraron. Él es muy lento, pensó Carlitos, por lo que **debe dormirse fácilmente ahora.**

EL Caracol Durmiente estaba durmiendo, y apenas *se dio cuenta* cuando el Conejito Carlitos le pasó de largo.

– **También te quedarás dormido pronto**, o no? dijo el Caracol Durmiente.

– *Sí, estoy muy cansado, todo lo que quiero hacer es cerrar mis ojos, ahora. Me veo durmiendo, respondió Carlitos al Caracol Durmiente. Ahora. Continua conciliando el sueño profundo y cierra los ojos de nuevo para dormirte [**bostezo**].*

El Conejito Carlitos estaba *tan cansado* que apenas podía levantar los pies más, *tan cansado, tan cansado.* Pero todavía Carlitos y tú *[nombre]* seguistéis a casa y *aún más profundamente en el sueño, ahora.*

Con cada respiro me estoy volviendo *más y más cansado*, dijo Carlitos a sí mismo. *Más y más cansado.* Pronto estoy en casa, *tan cansado que ya no puedes mantener los ojos abiertos.*

Con cada respiro los *ojos se hacen más y más pesados y se cierran ahora [bostezo].* *Los párpados son pesados como piedras, pesados, pesados, tan pesados.*

El Conejito Carlitos vio su casa. Finalmente, pensaba el conejito cansado, que estaba el doble de cansado. Ahora. Nos vamos a quedar dormidos y dormiremos bien toda la noche [nombre].

Carlitos llegó a la puerta y estaba tan cansado que no podía abrirla. Esto es lo cansado que estamos ahora, pensó Carlitos y bostezó [bostezo].

Una vez dentro, vio a sus hermanos y Papá Conejo *acostados en sus camas durmiendo bien. Carlitos caminó lentamente a su cama para dormir. Ahora. Tan cansado, tan cansado* **[bostezo]**.

Una vez en la cama, pensaba en lo que había dicho el Tío Bostezo, mañana los dos *conciliarán el sueño más rápido y dormirán mejor, como tú lo haces ahora.*

Mamá Conejo le arropó con suavidad y te dio las **buenas noches** a ti *[nombre]*, que **estas muy cansado ahora [bostezo]**.

— Sí, *mañana te quedarás dormido aún más rápido*, lo que es un alivio, dijo Carlitos a ti y otra vez antes de *cerrar tus ojos para dormir bien.*

Ahora, cuando Carlitos se estaba quedando dormido es tu turno de dormir tan bien, así como él lo está haciendo en estos momentos. Ya que el Conejito Carlitos puede quedarse dormido ahora, así que tú también puedes, **ahora.**

Sobre el libro y el autor

Usted ha leído el libro *El conejito que quiere dormirse*. Este libro es el primero de una serie de libros infantiles en planificación. La intención es ayudar a los niños a dormir bien, entender sus propios valores y prepararlos para superar obstáculos en su vida.

Mi propósito con este libro es ayudar a los padres que tienen dificultades con sus hijos a la hora de quedarse dormidos por la noche o durante una "cabezadita" durante el día Yo quiero que este libro ayude a los niños a relajarse y a quedarse dormidos más rápido cada vez que escuchen la historia.

– Carl-Johan Forssén Ehrlin.

El autor de este Libro es Carl-Johan Forssén Ehrlin. Ha estudiado psicología en universidades suecas y practica su NLP Master. Trabaja como escritor, entrenador, orador en público y como educador en desarrollo personal, entrenamiento mental y liderazgo.

Agradecimientos a todos ustedes que han compartido sus conocimientos y tiempo para escribir este libro y hacerlo realidad: Pedro Santana, Katherine Irribarra, Jessica Starck y a mi esposa Linda Ehrlin.

Printed in Great Britain
by Amazon.co.uk, Ltd.,
Marston Gate.